KB089765

눈꽃나무

Snow Flower Tree

눈꽃나무

Snow Flower Tree

김종회

디카시집

작가

■ 머리말

2019년에 발간한 첫 디카시집 『어떤 실루엣』에 이어 두 번째 시집 『눈꽃나무』를 상재한다. 그 생애 첫 시집에는 50편의 시를 실었는데, 이번 시집도 다섯 부분으로 나누어 모두 50편의 시를 싣는다. 이 영상과 시적 언어들은 각기 나름대로 내 삶의 가장 곡진한 부분을 정직하게 반영하고 있는 마음의 거울들이다.

디카시는 나의 문단생활 30여 년을 지나 새로운 문예장르를 만나게 하고 새롭게 창작열을 북돋워준 은혜와 행복의 다른 이름이다. 이 두 시집에서 나는 순간포착의 급박함 보다 일상적인 영상에 압축적이고 정제된 언어를 부가하는 방식을 적용하려 애썼다. '일상의 문학'이자 '문학의 일상'이 디카시의 지향점임을 말하고 싶었다.

1부와 2부 〈풍경과 세상〉은 우리 곁의 겨울 풍광과 세상살이의 여러 모습, 그리고 부안 변산반도와 천안 화수목花水木 정원의 감동을 담았다. 3부 〈사계와 여행〉은 소나기마을을 반사하는 계절의 얼굴과 미국 헨리 소로우의 '월든' 및 뉴욕 몇 곳을, 4부 〈유적과 신화〉 그리고 5부 〈성전과 궁전〉은 동서 문명충돌의 현장인 소아시아 터키의 잊을 수 없는 여러 면모를 소환했다.

어느 시인이 일본의 하이쿠를 번역한 책의 표제로 붙인 이름 '한 줄도 너무 길다'가 언표 하는 바와 같이, 짧은 시에 담긴 깊고 긴 감동을 추구하는 문학형식도 있고 시대정신도 있다. 디카시는 그 한 영역으로 앞으로 펼쳐질 미래의 예술 세계에 새로운 지평을 확장해 나갈 것이다. 이 작은 시집이 그 행렬의 말석에 함께 할 수 있기를 바란다.

2021년 10월
김종회 시인

—
차
례
—

제2부 풍경과 세상 II

변산반도와 천안 화수목 정원의 꽃

제3부 사계와 여행

소나기마을 계절의 옷, 또 미국 몇 곳

제4부 유적과 신화

문명충돌의 현장, 소아시아 터키 Ⅰ

제5부 성전과 궁전

문명충돌의 현장, 소아시아 터키 II

부 록

디카시를 바라보는 저자의 눈

제1부 풍경과 세상 Ⅰ

Scenery and the World Ⅰ

겨울 풍광과 세상살이의 여러 모습

Various Views of Winter Scenery and Living

눈꽃나무
Snow Flower Tree

눈 귀한 해 용평 발왕산 정상

노송 가지 내려앉은 흰 꽃송이들

이토록 맑고 순백한 풍경화 한 폭

Mt. Balwang Summit Yongpyeong in the year of rare snow

White flower flakes on the old pine branches

A scenery of this clear and pure white range

하늘연못
The Sky Pond

겨울나무 팔 벌려 구름과 손잡고

하늘 가운데 푸른 연못 만들다

차고 시린 것이 이렇게 포근하다니

Winter trees stretch out arms to the clouds and hold hands

To make a blue pond in the midst of the sky

How can the cold and chilly thing be this warm

대관령 계곡
Daegwalryeong Valley

겨울 한 복판에 불굴의 활력

관목 개울 하늘 모두 맑고 시린 곳

이 청량한 모습 찾아 다시 또 왔네

Indomitable vitality in the midst of winter

To the shrub brook and sky that are all clear and chilly

I came again to see this nice cool view

산골 물레방아
The Waterwheel in the Mountain Village

물레방아 본점은 아직 개점휴업

옆길 산골 물줄기만 물 반 얼음 반

홀로 앉은 너와집 그저 고즈넉하다

No customers to the main branch yet

Only the sideway mountain water stem has half water and half ice

The wood planked house sitting by itself looks just lonely

겨울 부겐빌리아
Winter Bougainvillaea

어느 소박한 겨울 창변에서

사막꽃 부겐빌리아를 만났네

이제 곧 사라질 낡은 삶터 앞에서

열하의 기운으로 쉬 동절을 넘네

By the window in an idyllic winter

The desert flower bougainvillaea I met

It sat before a worn-out space of life soon to disappear

Going over the winter with its heat energy with ease

적막 공연장
The Loneliness Performance Hall

인파 넘치던 용문산 자락 공연장
코로나 위력이 여기까지 이르러
고적한 풍경 속에 소중한 한 사람

The performance hall at Mt. Yongmun skirt once full of crowd
For the influential Coronavirus reached even here
One valuable person amid of solitary scenery

양평 국수교회 본당
Main Hall of Guksu Church Yangpyung

한적한 시골마을 예배당인데
명성 자자한 음악 연주회장
둘 다 영혼을 울리기 매한가지

Even though it is a church in a secluded country village
It has a widely spread fame as a music concert hall
Both are all the same as in moving our souls

어느 전원주택
A Country House

하늘과 나무 또 집과 마당이 모여

평화롭고 고요한 그림을 이루다

내 사는 곳 내 집인 줄 이제 알았네

The sky, trees, and the house and its yard gather

Composing a tranquil and quiet picture

Not until now did I know it was the place and house where I live

지상 최강의 순수
The Strongest Innocence on Earth

이 고운 옷차림 저 맑은 눈망울

누가 순수를 이토록 아름답게…

문득 쌓아온 세월이 부끄러운 날

This pretty dress and that clear eyes

Who put the innocence in this prettiness…

The day suddenly shameful of the ages built up

수니와 토리
Suni and Tori

같은 배 진돗개 강아지 두 마리

갑순 갑돌에서 온 이름 수니 토리

사람보다 훨 나은 줄 금방 알겠네

Two Jindo puppies from the same mother

Named Suni and Tori after Gabsun and Gabtol

They are far better than people, I could see it at once

제2부 풍경과 세상 Ⅱ

Scenery and the World Ⅱ

변산반도와 천안 화수목 정원의 꽃

Byeonsan Peninsula and the Hwasumok Garden Flowers

변산반도 부안 격포항
Gyeokpo Harbor Bu-an Byeonsan Peninsula

편안하고 고요한 가을날 포구

한적한 어촌에 모두 숨을 고르다

세상 밖의 명리 뒤좇아 무엇하나

The estuary of peaceful and calm autumn day

Everyone gets rested in the tranquil fishing village

Then for what pursues the wealth and honor outside the world

격포 채석강의 노을

The Sunset in Chaeseokgang Gyeokpo

아하 여기 서녘 끝자락이었구나
하늘이 바다와 다시 만나는 순간
채석강 한 켠에 하루를 내려놓다

Aha here has been the end of the west
The moment the sky and the sea meet again
Laying a day down in a corner of Chaeseokgang

고요
Calmness

부안 내변산 직소보

누가 이 아름다운 산중 호수를

아무 값도 없이 바라보라 했던가

고요한 절경 앞에 더 고요한 마음

Jikso Reservoir of Mt.Naebyeon Bu-an

Who this beautiful lake in the midst of a mountain

Without paying anything said to look

The calmer mind before the calm scenery

군산 경암동 철길마을

The Railroad Village Gyeongam-dong Gunsan

일제강점기부터 70여 년 역사

퇴락한 풍경에 작은 옛 가게들

소중한 마음들이 모여사는 마을

The history of over 70 years from the depriving Japanese colony

The little old stores in the dilapidated scenery

The village where important minds live in gathering

어느 시골집 뒤란
The Backyard of a Country House

항아리들의 행렬에 숨은 속삭임

이 마을과 집안을 지킨 풍찬노숙

그 소박한 세월 가을빛에 빛나네

The whispering hidden in the rows of pots

The bitter troubles that kept the village and house

Those humble ages shine in the Autumn brilliance

세 얼굴
Three Faces

수국 세 송이에서

어제 오늘 내일을 보네

하루가 다르니

여기 세월 흐른다

In the three hydrangea blossoms

Yesterday today tomorrow I see

As one day gets it different

The ages pass here

와장창 수국
Full-fledged Hydrangea

탐스럽기 이만한 꽃이 있을까

풍성한 잔칫집 여유로운 풍광

무심한 행인의 가슴을 채우다

Can anywhere be this charming flower

The abundant scenery and relaxing sight

Make the passerby's nonchalant mind full

수줍음
Bashfulness

수국 잎 틈에서 살포 고개든
연보라 연노랑 하늘매발톱꽃
수줍은 인사에 걸음 멈추다

In between the hydrangea leaves the head showing softly
Of the light purple and light yellow fan columbine
Bashfully greets holding the goer's footsteps

탐라수목원 왕귤

The King Tangerine in the Tamra Tree Garden

왕자王者의 이름을 얻었으나

홀로 외롭다

누군들 제 몫의 짐이 없으랴

Although it earned the name of the prince

Lonely as it is alone

Doesn't everyone carry their own burden

천안 화수목 정원
The Flowers of Hwasumok Garden Cheon-an

인공의 냄새가 덜한 풍경

꽃과 물과 나무의 정원

어느결에 맑고 시원한 마음을 얻다

The scenery with less artificial touch

The garden with flowers, water, and trees

Suddenly renders the clear and fresh mind

제3부 사계와 여행

Four Seasons and Traveling

소나기마을 계절의 옷, 또 미국 몇 곳

Seasonal Scenery at Sonagi Village, also a few American Places

연달래 다시 봄날
Azalea Spring Days Again

세월의 수레바퀴 네 계절 돌아
소나기마을 앞산에 다시 봄날
언덕 아래 마을은 감염병 한숨
연달래 맑은 웃음 세상을 넘다

The wheel of ages turned for four seasons
Again spring days on the mountains off Sonagi Village
The village under the hills sighs for the epidemics
The clear smile of azalea goes over the world

인공소나기
Artificial Shower

소나기마을 시간마다 내리는 비

동심을 토닥이는 두 줄기 무지개

한평생 잊고 산 유년이 거기 있네

The hourly rain in Sonagi Village

Two rainbow streaks patting on the children's minds

I saw my life-long forgotten child days there

가을 소나기마을
Autumn Sonagi Village

누가 있어 이리도 고운 옷을

길은 사람이, 채색은 신의 손길

이 가을 마음에 오래 머물 듯

Who is there these lovely clothes

To stitch, coloring by Godly hands

This fall is likely to stay long in my mind

소나기마을 설경
Snowy Scenery at Sonagi Village

백색 홑이불 넓게 펼친 겨울날

눈이 모든 것을 덮을 수 있을까

때로는 덮지 않아도 되는 것들

동심의 순수, 순정한 서정의 세계

A winter day with white thin quilt widely spread over

Can the snow cover up everything

There are things no need of covering at times

The purity of child's mind, the world of pure lyric

황순원 묘역
Hwang Sun-won Graveyard

고적孤寂한 자리에 고요한 미소

백년의 사랑에 추국秋菊의 경배

사후 더 아름다운 작가의 유택

내 문학 절반은 내자內子 것이네!

Silent smile in a lonely place

The autumn chrysanthemum honors the 100 years' love

The writer's grave more beautiful after his death

Half of my literature is my wife's!

데칼코마니 월든 호수
Décalcomanie Walden Pond

모색 짙어가는 월든 호수를 보았네
정갈한 호심湖心에 마음 비춰 보았네
허심虛心 아니면 아무것도 없는 것을

Seeing Walden Pond at thickening dusk
Reflecting my mind upon the heart of the tidy pond
Without being heart to heart nothing's there

헨리 소로우 오두막집
Henry Thoreau's Cabin

헨리 데이빗 소로우의 작은 천국

모두 버리고 자연으로 돌아간 그 월든

평생 이런 오두막 하나 지을 수 있을까

Henry David Thoreau's little heaven

That Walden in return to nature with everything abandoned

In my entire life will I be able to build a cabin like this

뉴욕 맨해튼 지하도
New York Manhattan Underground Path

가장 분주한 도시 한 가운데

이렇게 참하고 깔끔한 길이 있다

격동 속 정적, 한 폭 그림만 같다

In the heart of the busiest city

There is such a nice and neat way

The quietude in turbulence, must be a piece of painting

맨해튼 그라운드 제로
Manhattan Ground Zero

2001년 9월 11일 항공기 테러

3,000명이 넘는 생령의 무덤

통곡의 눈물 흐르는 데 헌화 한 송이

위무의 손길 제 몫을 다할 수 있을까

The airplane terror September 11, 2001

The grave for over 3000 people

One bloom in tribute where they shed wailing tears

Can the hands for consolation fulfill their roles

맨해튼 새 명물 베슬Vessel
Vessel Manhattan's New Attraction

뉴욕 맨해튼의 새 명소를 찾아갔다

146m 높이 2500 계단

관망과 등산, 벌집 모양의 인공 산

첨단문명 한 복판에서 산을 찾다니!

Toured around a new attraction in Manhattan New York

146 meters high with 2500 steps

Observing and climbing, the artificial mountain in honeycomb shape

Saw a mountain in the heart of cutting edge civilization!

제4부 유적과 신화

The Remains and Myth

문명충돌의 현장, 소아시아 터키 I

Turkey Asia Minor The Place Where Civilizations Collided I

에베소 고대 도시
Ephesus the Ancient City

코린토 양식 기둥만 즐비하다

2500년 전 역사의 숨결

집도 무너지고 사람도 간 곳 없다

역사의 뒤편을 보는 눈은 어디에

Only pillars in Corinth Style stand in line

The historical breath from 2500 years ago

With houses collapsed and everyone from that time gone

Where are the eyes looking at the history's back side

에베소 신전
Ephesus Shrine

아르테미스와 메두사의 얼굴

신화의 상징들을 문루에 새겼다

웅장한 출입문으로 누가 드나들었을까

옛날의 신성이 오늘의 볼거리 되다

Faces of Artemis and Medusa

The mythical symbols sculptured on the gate tower

Who might have entered and exited the magnificent gate

Ancient divinity turned today's attraction

에베소 고대 도서관
The Ephesus Ancient Library

1만권 양피지 도서 어디로 가고

남은 잔해만 여전히 장엄한데

그 지식의 힘은 오늘까지 흘러왔다

Where are all the 10 thousand sheepskin books gone

Only with the remnants still magnificent

The power of the knowledge has streamed up to this day

소아시아 클레오파트라 온천
Cleopatra Spa Asia Minor

중국 서안에 양귀비의 화청지가 있더니
터키 파묵칼레에는 이집트 여왕의 온천
맑고 푸른 물에 잠긴 세월의 풍화
미인은 간 곳 없고 옛 이야기만 무성하다

In Xian China there I saw Hua Qing Chi for Yang Guifei
But in Pamukkale Turkey there is this spa for the Egyptian Queen
The erosion by ages is under the clear blue water
The beauty isn't here any longer but only old stories are noisy

원형경기장
The Amphitheater

참으로 많은 생명의 원통한 신음

이제는 그 객석만 둥글게 남았다

선정善政이 오래가는 지름길인줄 모르고

하릴없이 이토록 앙상한 잔해만 남겼구나

Frustrated moaning from innumerable lives

Now only the circular seats are left

Not knowing that only the just rule can last long

Unavoidably leaving behind only these haggard remains

트로이 목마
The Trojan Horse

신의 사과 한 알의 비극

인간의 운명적인 사랑 이야기

가짜 목마가 역사를 가르친다

The tragedy of god's one apple

Human's fateful love story

The fake wooden horse teaches history

트로이 유적

The Trojan Remains

독일 발굴자 하인리히 슐리만

필생의 노력으로 찾은 5000년 트로이

신화에서 역사로 이름을 바꾸었다

The German excavation scientist Heinrich Schliemann

Troy he found committing his life-long efforts

Changing a legend into history

제우스와 헤라

Zeus and Hera

올림푸스 산이 터키에도 있었다

실안개에 덮여 폭풍 전야의 고요처럼

오른손에 번개를 쥔 제우스와 헤라

신화의 세계는 허술해도 신화다

There was also Mt. Olympus in Turkey

Covered in thin mist like calmness before the storm

Zeus and Hera holding lightning in their right hands

Sloppy as the world of legend it is still a legend

바다의 신 포세이돈
Poseidon the God of the Sea

올림푸스 산 정상에서 만난 포세이돈
바다의 신이 고향을 찾아왔다
신도 인간의 성정을 그대로 지녔으니

Poseidon I met on Mt. Olympus summit
The sea god came to hometown
As the god also has human's nature

운무 속의 올림푸스 산
Mt. Olympus in Cloudy Mist

케이블카로 운무를 헤치고

해발 2365미터를 오르다

신들의 세계로 진입하는 관문

비좁은 가슴 한 켠이 열렸다

Pushing away the cloudy mist by a cable car

Climbed up the sea level 2365 meters

Gateway to enter the god's world

One narrow side of the heart opened

제5부 성전과 궁전

The Shrine and the Palace

문명충돌의 현장, 소아시아 터키 II

Turkey Asia Minor The Place Where Civilizations Collided II

우주의 중심
The Center of the Universe

이스탄불 성소피아 사원 한복판
대관식이 열리던 원형의 자리
왜 이곳을 세계의 중심이라 불렀을까
신앙과 역사가 만나던 준엄한 처소

The very center of Saint Sophia Temple Istanbul
The circular place where coronation took place
Why did people call this the center of the world
The stern place where faith and history met

성모 마리아 안식처
The Haven for Virgin Mary

먼 언덕 위에 옛집 흔적

사도 요한이 성모 마리아 끝까지 모신 곳

세속 발길 급하여 눈으로만 보았네

The old house traces on the distant hill

Where John the Apostle took care of Virgin Mary to the end

Saw only with eyes in a hurry for worldly affairs

사도 빌립 순교교회
Martyrdom Church of St Philip the Apostle

파묵칼레 지진으로 무너진 유적지 너머
먼 발치로 사도 빌립 순교교회가 보였다
엄청난 과거가 세월 속에 묻힌 작은 언덕

Over the remains fallen by the Pamukkale earthquake
The martyrdom church of Philip the Apostle was seen
The little hill where the enormous past was covered in ages

카파토키아 응회암 평원
The Cappadocia Tuff Plain

끝간데 없이 바위 평원이 펼쳐졌다

신의 손길과 자연의 반응이 함께한 자리

생산 한 톨 없는 터에 구경꾼이 모인다

The rock plain stretches over endlessly

Where god's hand and nature's response met

Sightseers gather in the site without even one grain of produce

카파토키아 소도시
The Cappadocia Little Town

산의 벽을 열고 주거지를 만들었다

가장 낮은 건축비로 높은 효율

이 전통 공법의 마을이 도처에 있다

누가 일러 이들을 빛바랬다 할까

Opened the mountain walls and made residences

By the lowest construction cost but high efficiency

The villages by this traditional methods are everywhere

Who says they have been faded out

카파토키아 열기구
The Cappadocia Hot-air Balloon

비행기는 너무 높다

풍선을 날개로 백 개의 바구니 함께 날다

마침 동트는 새벽 여명이 맞아주었다

문득 나는 동화 속의 인물이었다

The planes are too high

100 baskets with balloon wings fly together

Luckily the dawn at sunrise greeted them

Suddenly making me a character in a fairy tale

에게해 황혼
Aegean Twilight

지중해의 황혼과 에게해 바다

세상을 공평하게 절반으로 나누다

물결은 잔잔하여 밀집방석 같은데

저 멀리 하늘에 초승달이 숨었다

The twilight at the Mediterranean and Aegean seas

Divides the world in equal half

The water currents are still like a straw cushion

A new moon is there afar hidden

이스탄불 그랜바자르 상가
The Istanbul Grand Bazaar Market

실크로드 끝자락 세계 상업의 집산

지금도 5000개의 상점이 이마를 맞대고

2500년 거래를 그대로 이었다

아하! 그 속을 헤집고 추억 한 점을 샀다

At the silk road end the collected world commerce

Even now of 5000 stores face to face

Succeed to the 2500 years' trade as it was

Aha! I bought a piece of memory pushing into its inside

돌마바흐체궁전 대연회장
The Grand Banquet Hall of Dolmabahce Palace

황금빛으로 휘황한 술탄의 영광

43개의 홀 가운데 으뜸의 위용

세월 지나 제국의 그림자로 남았다

화려의 극한도 시간 앞엔 모래성

The sultan's glory in brilliant golden light

The most majestic of the 43 halls

By passing ages remains as a shadow of the empire

Even the ultimate magnificence is but a sand castle before time

돌마바흐체궁전 계단
The Dolmabahce Palatial Stairs

3층 궁전의 홀과 방으로 가는 계단

그 난간이 가는 곳 만큼 아름답다

한 걸음씩 오르며 술탄이 쌓은 생각

먼 훗날의 이방인은 알 길이 없네

The stairs lead to the third floor hall and rooms

The stairways are as beautiful as the destinations

As stepping up one by one what the sultan built in thought

This stranger from distant future has no way to know

부록

디카시를 바라보는 저자의 눈

미微에 신神이 있느니라

김종회

며칠 전의 일이다. 미국 로스엔젤레스에서 소설을 쓰며, 우리가 한국디카시인협회의 미주지역 공동대표로 위촉한 홍영옥 작가로부터 연락이 왔다. 미주지역 평화통일정책자문회의 행사에서 디카시공모전을 열겠다는 것이다. 참으로 좋은 일이 아닐 수 없어서, 흔쾌히 수락하고 상장 명의 등을 지원하기로 했다. 중요한 사실은 국내외를 막론하고 이와 같이 디카시 창작의 저변이 눈부신 속도로 확산되고 있다는 것이다. 국내 여러 지역에서 우리 협회나 한국디카시연구소와 상관없이 공모전 또는 시상 행사를 진행하고 있는 사례가 많다. 필자는 '식당도 모여 있어야 영업이 잘 된다'는 언사와 더불어 이를 수긍하고 흡족해했다.

그런가 하면 서울 지역에 자생의 디카시 단체가 결성되어, 우리 협회와 상호 협력의 길을 모색해 보자는 제안도 있었다.

드넓은 초원이 형성되기 위해서는 큰 나무들로만 그 경색景色을 채울 수 없다. 소박하고 조촐하지만 끈기 있고 전파력 있는 '풀뿌리'들이 풍성해야 한다. 일찍이 김수영 시인이 그의 대표 시 「풀」에서 묘사한 것처럼, 이 민초民草와도 같은 한 사람 한 사람의 디카시인이 너무도 소중하다. 또한 그간의 계간《디카시》와 더불어 새롭게 계간으로 창간된《한국디카시학》이 발표 지면을 늘리는 공功을 이루었고, 두 디카시 전문 문예지와 도서출판 '작가'에서 디카시집 시리즈를 발간하고 있다. 디카시 공모전도 전국 각지에서 사뭇 활발하다.

한국디카시인협회에서는 그동안 준비해오던 홈페이지를 완비하고, 이를 통한 활동에 들어갔다. 앞으로의 여러 계획이 준비되어 있기도 하다. 주지하다시피 디카시는 '작은 문필'들의 '시 놀이' 생활문학에서 출발하고 있으며, 그런 연유로 그 작은 숨결 하나도 함부로 대하지 않을 것이다. 그러기에 이 글의 제목을 이병주 소설에서 그 수사修辭를 빌려 '미微에 신神이 있느니라'라고 했다. 그와 같은 마음으로 이 세상의 남녀노소, 갑남을녀 모두가 일상의 예술이요 예술의 일상, 생활 속에 스며든 상상력과 창의력의 발현을 누릴 수 있도록 우리 함께 손잡고 나갈 것을 간곡하고 정중하게 요청한다. 어느 누구의 가슴 속에나 여리고 따뜻하며, 또 강고하고 예민한 시심詩心이 숨어 있는 까닭에서다.

*계간《디카시》2021년 가을호 권두언

현대시의 새로운 장르, 디카시

– 그 미답의 지평과 정체성

김종회

1. 디카시의 출현, 카메라와 시의 악수

다도해의 자란만이 푸른 물결로 출렁거리는 경남 고성에서, 제2회 '디카시 페스티벌'이 열리는 것은 청명한 자연의 경관 때문이 아닐 터이다. '디카시'란 별로 들어보지 못한 한국 현대시의 새로운 얼굴이 하나의 문학 장르로서 자리를 잡아가는 일 자체가 경이롭기도 하거니와, 그와 같은 문학적 지각변동을 이끈 문열이로서 한 문학비평가의 날선 감각과 지속적 열정이 문학사의 새 경계를 열어가고 있음을 주목하지 않을 수 없다.

기위 알려진 바와 같이 이 전례 없는 문학 유형의 창안자는, 그 지역에 태를 묻고 또 그 지역을 삶의 터전으로 하고 있는 이상옥 교수이다. '디지털 영상 시대에 시의 위의를 회복하고 독

자와 새롭게 소통하는 전범을 제시'하려는 디카시의 발상지는, 그러므로 자연히 경남 고성이 된다. 아마도 이 시대의 첨단에 선 시운동은, 1930년대 김광균 등의 모더니즘 시운동이 그러했듯이, 고성의 '공룡 엑스포'와 더불어 지역적 명성을 강력하게 환기하는 문화 규범이요 축제로 발전해 가리라 여겨진다.

디카시는 말 그대로 디지털 카메라와 시의 결합어이다. 모든 자연이나 사물, 곧 카메라의 피사체에서 시적 형상을 포착하여 문자로 재현하는데, 디지털 카메라의 사진과 그에 연동되는 시가 하나의 텍스트로 완성되는 새로운 시의 장르이다. 그러자면 평상의 언어가 시가 되기 위해서 응축과 상징의 표현력을 얻어야 하듯이, 디지털 카메라의 사진 또한 피사체의 여러 표정 가운데 촌철살인에 해당하는 극명한 순간을 포착해야 마땅하다. 또한 그 사진에 잇대어져 있는 시도 단순한 비유적 언어용법을 넘어 사진의 시각적 현상과 더불어 시너지 효과를 유발할 수 있도록 주밀한 언어 및 의미의 배합을 유념해야 옳겠다.

그런데 이러한 소규모 종합예술로서의 디카시가 그 배경으로 하고 있는 사진의 화면 및 시의 문면이, 우리 시대의 가장 전진적인 지점에 도달해 있는 인터넷의 기능이나 영상문화 시스템과 매우 효율적으로 악수하고 있다는 사실 역시 간과할 수 없는 문제다. 그렇게 판단할 때, 디카시도 인터넷 문학의 유다른 한 변종이라 호명할 수 있을 것이다. 그런 점에서 이 글에서는, 디카시의 정체성 또는 발생론적 근본에 해당하는 인터넷, 사이버, 영상문화에 대한 논리적 검토를 선행한 후에 다시 디카시의 성격과 그 방향성에 대해 살펴보기로 한다.

2. 인터넷 문학의 길과 디카시의 지위

인터넷을 중심으로 한 새로운 세계는 이제 현실과의 실험적 조우를 넘어 우리 삶의 세부적 영역까지 침투하는 명실상부한 사회적 공간으로 자리잡았다. 인터넷 쇼핑, 인터넷 뱅킹, 재택 강의, 사이버 대학 등 온갖 상거래와 금융거래에서부터 유아교육과 최고 고등교육이 모두 가능한 인터넷 교육 시스템에 이르기까지, 이는 오늘날 현대인의 원활한 사회활동을 위한 일상적 아이템으로 기능한다.

그뿐이 아니다. 이웃사촌도 옛말이 되어버린 이 시대에 우리는 수많은 '일촌'들과 인터넷상의 우정을 나눈다. 바야흐로 수천년을 일관해 온 인간관계의 패러다임이 인터넷으로 인하여 새 길을 열고, 그에 무관하거나 무심했던 사람들까지 이 상황으로부터 절연될 수 없도록 부지불식간의 압박을 가해오고 있는 중이다.

20세기 후반에 하나의 징조로 시작되었던 이 시대적 흐름은 이제 돌이킬 수 없는 대세가 되었고, 문학의 경우에 있어서도 기존의 문학판 안에서 인터넷 상의 문학행위가 중요한 화두이면서 동시에 실질 세력으로 등장한 지 벌써 오래되었다. 다시 말하면, 인터넷 문학이란 대상을 두고 그것의 문학성이나 미학적 가치를 가늠하며 이를 문학의 본류에 편입시킬 수 있는가를 따지던 태도는 이미 오래 전에 구시대의 유물로 전락한 형국이다.

인터넷 문학과 사이버 문학에 대한 연구 성과들을 꾸준히 축적해 온 소장 연구자들도 적지 않으며, 인터넷을 통해 대중의

인기를 구가해 온 아마추어 작가들의 작품이 베스트 셀러가 되어 서점가에 유통되고 있다는 사실은 전혀 놀란만한 일이 아니다. 이 유형의 문학이 양산되는 것은 하나의 문화현상 혹은 문학현상으로 자리잡았으며, 따라서 이제는 그 가치 여부를 논하는 기초 수준의 논쟁을 넘어서 이러한 문화현상을 어떻게 규정하고 이해하며 발전시켜 나갈 것인가를 구체적이고도 객관적인 시각으로 고찰해야 할 지점에 이르렀다.

그러나 인터넷 상의 사이버 문학, 하이퍼텍스트 문학, 디지털 문화 등속이 과거의 문학 및 문화의 종말이나 완전히 새로운 문학 기술의 출현을 의미하는 것은 아니다. 그것은 문학적 패러다임의 새로운 이행 혹은 기존의 문학 이론에 대한 철학적 재해석의 성격을 갖는다. 문학이 새로운 시대에 적응하여 끊임없이 새로운 양식으로 변화해 왔다는 것은 문학사의 기본 명제에 속하거니와, 이 새로운 문학의 유형 역시 그와 같은 문학사의 근본적인 패턴에서 크게 벗어나지 않는다.

하지만 철학, 물리학, 생물학, 공학 등의 분야에서 엄청난 변화의 양상을 보이고 있는 이른바 디지털 혁명은, 단순한 변화가 아니라 그 패러다임 전체의 변혁에 속하는 문제임에 틀림없다. 따라서 인터넷, 사이버, 하이퍼텍스트, 디지털 등의 개념과 적용에 관한 새로운 면모를 살펴보는 데 그치지 않고 이 분야와 관련을 지니는 철학, 기호학 등 일반 인문학적 연구를 병행하여 21세기의 시대정신에 걸맞는 문화적 시각을 확립하는 것이 요구되는 때다.

우리나라에서 형식적 특성과 내용적 수준이 두루 납득되는 본격적인 인터넷 문학이나 하이퍼텍스트 문학은 아직 좀 더 시간적 거리를 두고 기다려야 할 것으로 여겨지지만, 그러는 동안에 앞으로 컴퓨터 매체를 이용한 혁신적인 장르의 출현이나 그것의 유다른 표현 방식이 도출될지도 모르는 일이다. 디카시란 새로운 문학 장르가 바로 그 증빙의 하나가 된다 하겠다. 물론 유사한 다른 문학 및 문화 장르의 가능성도 충분히 열려 있다. 이 분야의 기술을 산업화하는 데 있어 세계적 강국을 자랑하는 우리나라의 환경적 조건을 염두에 두면, 이는 그다지 무리한 추론도 아닌 셈이다.

이 분야의 문학 또는 문화적 이론은 1990년 후반부터 현재에 이르기까지 점차 활성화되고 있는 추세이나, 대부분은 외국 이론을 소개하거나 정리하는 저서가 중심을 이루고 있다. 작품의 생산에 있어서도 아직까지 인터넷 공간을 활용한 사이버 상의 글쓰기가 주류를 이루고 있을 뿐, 그것의 양식적 특성을 충분히 이해하고 그 장점을 적극적으로 발양하여 창작 환경과 작품 자체가 조화롭게 악수하도록 하는 창작 행위는 요원한 형편에 있다.

그러기에 인터넷 또는 그 관련 문학의 시대적 성격을 탐색하고 이 문학 및 문화가 갖는 세계관을 구명함으로써, 21세기의 새로운 장르 이해와 그 진로를 추적하는 연구가 하나의 주요한 과제가 되고 있는 것이다. 동시에 이 영역의 문학 및 문화가 필연적으로 마주칠 수밖에 없는 문학예술의 대중적 수용과 상품화라는 명제에 대해서도, 언필칭 문화산업과 전자 르네상스의 시대의 예술은 예술 창작자 자신의 의도하든 그렇지 않든 일정한 교환가치의 체계를 가질 수밖에 없다는 방향으로 인식의 진폭을 확대했으면 한다.

이는 그저 상업주의 문학이나 문화산업 논리를 무비판적으로 수용하자는 뜻이 아니라, 예술과 상품의 경계를 구분하는 일이 어려워진 시대에 부박한 예술풍조에 대한 비판을 앞세우기 보다는 이를 적극적으로 수용하자는 의미다. 다시 말해 동시대 또는 사회사적 변화의 논리를 체계화하며 그 시대적 성격을 창의적으로 반영하는 바람직한 작품의 산출을 도모해 보자는 제안인 것이다. 어떤 예술가 또는 문학 창작자도 자신이 뿌리내리고 있는 생태적 문화환경을 벗어날 수 없으며, 그 토양을 바탕으로 예술 창작의 꽃을 피우고 열매를 맺을 수밖에 없는 까닭에서다.

지금까지 살펴본 인터넷 문학의 문학사적, 그리고 시대사적 의미에 비추어 보면, 디카시는 인터넷 시대요 영상 시대인 오늘날의 사회·문화적 특성을 담보하는 유용한 문학 장르로 자리매김 될 수 있다. 그것은 단순히 디카시가 동시대 문화의 전방위를 점유하는 시운동의 기능을 갖는다는 데 멈추지 않는다. 영상과 시의 결합을 통해 표현 대상에 대한 관찰자로서의 감응력은 물론, 그 표현 방식 자체가 당대 문화의 창작 방법론에 대한 일정한 재해석의 역할을 수행하는 것이다. 아울러 디지털 카메라와 컴퓨터를 활용한 혁신적 장르의 출현이라는 명제에도 여실히 부합할 수 있다 하겠으니, 여기 이 '디카시 페스티벌'에 거는 기대가 만만치 않은 연유다.

3. 디카시의 태동·전개와 문학적 성장

디카시의 발아는 앞서 언급한 이상옥 교수에 의해서이며,

2004년 4월 그가 최초로 '디카시dica-poem'라는 용어로써 인터넷 서재에 연재를 시작했으니 그 연륜이 이제 성년에 가깝다. 이교수는 그 해 9월 최초의 디카 시집 『고성가도固城街道』를 상재하고, 포털사이트에 카페(http://cafe.daum.net/dicapoetry)를 개설하는가 하면, 2005년 최초의 개인 디카시전, 2006년 디카시 전문지 『디카詩 마니아』를 창간하는 등 그야말로 '디카시 전도사'로서의 소임을 충실히 수행해 왔다.

이후로도 2006년 디카시 강연회 개최, 2007년 디카시론집 『디카詩를 말한다』 간행, 디카시 세미나 개최, 여러 차례의 디카시 담론 생산, 그리고 고성의 디카시 페스티벌 창립 등 고군분투의 노력을 경주해 왔다. 선한 일에는 언제나 동역자가 있다는 격언이 있거니와, 그의 이러한 수고는 작은 산골 물줄기가 시내와 강을 이루고 마침내 바다에 이르듯, 많은 문학계의 관심과 동참을 촉발했으며 그 수량水量은 앞으로도 더욱 증폭되어 갈 것으로 믿는다. 그러기에 새로운 문학 장르의 창시가 되는 것이다.

이상옥의 설명에 의하면, 디카시는 '언어 너머 혹은 언어 이전의 시적 형상을 전제'로 한다. 이것은 디카시가 전통적 개념의 시적 대상이나 소재, 또는 이를 표현하는 방식과 사뭇 다르다는 뜻이다. 디카시는 자연이나 사물과 같은 피사체에서 포착한 시적 형상인 '날시raw poem'를 디지털 카메라로 찍어 문자로 재현한 시이므로, 날시성feature of raw poem을 지니면서 극순간성·극현장성·극사실성·극서정성을 드러낸다는 것이다.

이러한 설명에 대해서 필자는 한 가지 의문을 갖고 있다. '날시'를 디지털 카메라로 찍고 이를 문자로 재현한다는 순서 개념에 대해서인데, 이때의 '날시'는 시적 측면이 아니라 영상적 측면이 강할 것이다. 아니 어쩌면 시와 영상의 순서가 거꾸로여도 무방하겠다. 그러기에 '극순간성'이지 않겠는가 말이다. 카메라가 처음으로 포착한 그림을 '날시'라 명명하지 않고 '날그림' 또는 '날사진'이라 하면 어떨지 모르겠다. 물론 '날시'가 곧 '날사진'과 연동되는 것이니, 이 또한 큰 차이가 없을지도 모르겠다.

다만 카메라가 피사체를 포착한 다음에 시적 인식의 작동이 가능한 것이라면, 역으로 늘 가슴 속에 담고 다니는 인식이나 관념이 그에 합당한 피사체와 충돌하는 경우도 예상해 보았으면 좋겠다. 이 말은 디카시의 창작력이 작동하는 방향이나 방식을 한층 크게 열린 상태로 유지하자는 제안에 해당한다.

이 디카시론자들이 제시한 디카시의 세 가지 존재 국면은 인터넷이나 휴대폰 등 사이버 공간, 일반 문예지 게재 및 시집 형태, 디카시 전시회장에서처럼 표구되어 개인적 소장이 가능한 예술품 형태로 되어 있다. 시가 존재할 수 있는 일상적 · 탈일상적 공간 모두를 망라하여 그 존재 공간을 설정하는 것은, 디카시의 대중적 확산을 전제할 때 매우 명민한 접근법이다. 그 시의 형식이 우리 삶의 세부에 친근하게 맞닿아 있어야 한다는 사실의 중요성을 간과하지 않은 것이다.

그렇게 디카시는 범상한 유형의 시로 존재하면서, 한편으로는 그 현실의 방벽을 쉽사리 넘어설 수 있어야 할 터이다. 마치 해리포터가 지하철 역의 벽을 뚫고 곧장 마법의 세계로 진입하듯이, 역동적 상상력의 운동성을 극대화하자면 그 출발 지점은 평범한 일상의 바탕, 우리가 늘 발을 두고 있는 그 곳이어야 할 것이다.

그동안 한국 문단에 시집을 내면서, 그 시에 걸맞는 정선된 사진을 함께 실어온 사례를 드물지 않게 목도할 수 있었다. 이승하 시집『폭력과 광기의 나날』이나 신현림 시집『세기말 블루스』등을 그 예증이라 할 수 있겠다. 그러나 디카시는 이처럼 시와 그림 또는 사진을 단순 병렬한 시들과는, 외양은 유사하되 당초 그 개념이 다르다. 이를 테면 이 유별난 시의 형식은, 기존의 시적 방식과 의식적인 측면의 절연은 물론 그 연계 또한 자유롭게 개방하고 있는, 시 이전의 시이면서 시 이후의 시라 할 만한 것이다.

지금까지 여러 지면에 발표되고 또 시집으로 발간된 작품들이 그 존재증명으로 보여주듯, 디카시는 작고 소박하지만 순간적이고 강렬한 것을 지향한다. 우리가 모두 알고 있다시피, 사람을 감동시키는 힘은 무슨 큰 교훈이나 주의에서 오지 않는다. 이름 없는 친숙한 것들이 얼마든지 우리의 심금을 울릴 수 있다. 그것으로 성취에 이른 문학 장르에 우리의 단행시조도 있고 일본의 하이쿠도 있다.

이제 현대문학의 새로운 얼굴로 입신立身한 디카시가 축약되고 정돈된 모양만이 아닌, 절제되고 정제된 의미의 깊이를 웅숭깊게 구현해 낼 때가 되었다. 그렇게 도사리고 있는 의미화의 영역이 존재하고서야 비로소 창작 분량의 문제를 넘어 문학적 수준의 문제로 갈 수 있기 때문이다. 문학사에 기록될 새 장르의 개척이 오히려 부차적인 항목이 되고, 늘 곁에 있던 일상과 새롭게 열리는 탈일상이 충돌하면서 발생하는 의미의 깊이와 감동의 힘이 중점 항목이 되어야 할 것이다. 그렇게 될 때

비로소 디카시는, 한국문학의 뜻있는 지평으로 더욱 영예롭게 부상하리라 본다.

* 2009년 경남 고성 제2회 디카시국제페스티벌 기조발제문

눈꽃나무

2021년 10월 15일 초판 1쇄 인쇄
2021년 10월 22일 초판 1쇄 발행

지은이 | 김종회
펴낸이 | 孫貞順

펴낸곳 | 도서출판 작가
(03756) 서울 서대문구 북아현로6길 50
전화 | 02)365-8111~2 팩스 | 02)365-8110
이메일 | morebook@naver.com
홈페이지 | www.morebook.co.kr
등록번호 | 제13-630호(2000. 2. 9.)

편집 | 손희 양진호 설재원
디자인 | 오경은 박근영
마케팅 | 박영민
관리 | 이용승

ISBN 979-11-90566-31-5 03810

잘못된 책은 구입하신 서점에서 바꾸어 드립니다.

값 12,000원